王文金 著

愧书庐吟草

河南大学出版社

图书在版编目（C I P）数据

愧书庐吟草 / 王文金著 . -- 郑州 : 河南大学出版社 , 2014.12
ISBN 978-7-5649-1797-5

Ⅰ . ①愧… Ⅱ . ①王… Ⅲ . ①诗词－作品集－中国－当代 Ⅳ . ① I227

中国版本图书馆 CIP 数据核字 (2014) 第 298246 号

责任编辑　袁喜生
责任校对　何　蛟
封面题字　王刘纯
装帧设计　马　龙

出　版　河南大学出版社
地址 : 郑州市郑东新区商务外环中华大厦 2401 号
邮编 :450046
电话 :0371-86059701(营销部)
网址 :www.hupress.com
排　版　郑州市今日文教印制有限公司
印　刷　河南省瑞光印务股份有限公司
版　次　2014 年 12 月第 1 版
印　次　2014 年 12 月第 1 次印刷
开　本　787mm×1092mm　1/16
印　张　19.25
字　数　98 千字
定　价　48.00 元

本书作者照

一九五八年于罗山初中毕业时照

一九六一年于罗山高中毕业时照

一九六五年于河南大学毕业时照

一九六九年于灵宝县山涧沙滩上留影

一九七九年于四川山中观瀑布

一九八六年看书写作时留影

作者与夫人李桂花同周岁长孙王沛在一起

一九九五年于骨伤愈后召开教学工作会议

一九九八年摄于书房

二〇〇〇年给毕业生颁发学位证书

二〇〇〇年于河南大学接待韩国前总统金泳三

二〇〇〇年，河南大学、开封医专和开封师专合并组建
新河大，于河南省人民会堂举行揭牌仪式

二〇〇〇年访问英国时留影

二〇〇四年摄于商洛山谷中

二〇〇七年于河南新郑拜谒黄帝故里

目录

序一

刘增杰

诗歌是文学的骄子，人类情绪的艺术载体。王文金先生送来《愧书庐吟草》要我读读，写几句读后感。这盛情的邀约让我也愧喜交织。愧的是，自己是一个缺少诗意的人，不会写诗，读诗也不多。喜的是文金先生的不弃，让我有机会重叙友情，边读边拉扯一点与诗有关或无关的闲言碎事。

仔细想想，文金的学术生命真的还和诗有缘。记得一九八〇年代我们合作写《中国解放区文学史》的时候，我试写了小说部分，赵明先生承担了戏剧部分。我和赵先生都年长于他，文金别无选择，就痛快地担当起诗歌部分的写作任务来。文金出手不凡。他从流派和审美的角度，重点分析了艾青、何其芳诗风的变化，一举推出了田间、阿垅、鲁藜、蔡其矫等解放区的『七月诗派』，又用较大的篇幅对创作民歌体新诗的解放区诗人进行了有意味的阐释，还首次对晋察冀诗人群进行了整体性的辨析，其言凿凿，自成一家之言。稍后，文金对诗的兴趣又向古代诗歌研究领域延伸。应海燕出版社之约，他出版的《咏秋古诗百首》《咏冬古诗百首》和《咏花古诗百首》，同样给我留下了鲜明的印象。在诗的提示部分，文金的分析以小见大，语浅意深，寄意遥远，对鲜活的诗学遗产的解读自见精彩。文金古代、现代诗歌研究的接轨，与其古体诗的写作同时进行，两者相得益彰。

《愧书庐吟草》内容丰富，它甚至可以说是诗作者近五十年心路历程的感性投影：作者对『文化大革命』的深度反思，对自己由教师职业转任行政职务矛盾心境的展示，对父母刻骨铭心的追思，对师友深情的怀念，以及他对人生价值进行的哲理性思索，都显示了作者所能够达到的诗美力度。

表面上看，《卖书两首》第一首是不设立场的白描，只是记录下了在『文革』荒唐岁月里『卖书』的『热潮』：当时教师前途未卜，奉命前往山区『斗批改』，只得『仓皇整旅囊』，将自己珍藏多年的书刊当作废纸卖掉。不仅他们『手提车拉频来往』，还出现了『更有商家争客忙』的怪象。第二首运用对比的方法，对现实进行了一针见血的揭露：『悬梁刺股太荒唐，凿壁偷光不可扬。今有新风新式样，斗批可出好文章。』『新风新式样』、『好文章』这辛辣的嘲讽，既代表着特定时代作者心灵的苦斗，也表现出了他感性体验的独特敏感。

大学停办，『斗批改』的闹剧一直上演着。据文金诗后所署的时间，一九六八年十二月师生开赴灵宝山区，半年后返校作短暂休整，旋即又赴睢杞林场斗批改，直到一九七一年一月才得以返校。昔日庄严、整洁的校园，今天究竟变成了什么样子？诗作留下了让人痛心疾首的见证：第一首：『似鸟飞旋西复东，又将重沐旧巢风。今归似入陌生地，灌木蓬蒿乱眼中。』第二首：『教室门窗破漏风，室中桌凳已无踪。难堪最是存书库，乱纸堆中有落鸿。』口语入诗，明白如话。第一首诗没有指斥，没有遣责。诗人心事重重地直录，平实地记载下了高等学校所遭受到的令人心碎的破坏，只用『灌木蓬蒿乱眼中』一句，来诉说自己的心理感受。这是没有遣责的遣责，沉重的感情波涛里有着真美的内蕴。第二首诗的后两句中的『难堪最是』『有落鸿』，出人意外。落鸿形象所带来的诗的思想力，给读者留下了长久的回味。

诗为心声。文金诗集里的个人抒怀之作，如由教师职务转任行政职务以后心境变化的作品，就给人的感悟颇深。一九九六年五月，文金受命主持校务，诗真实地写下了他当时的心境：『今承重任喜兼愁。』『喜』不言自明，『愁』则凸显了作者的自知之明。乐观中隐藏着忧思。走进历史现场的文金，知道办好一所地方高校会怎样的难上加难。《受命抒怀》第二首同样不能放过。诗中云：『扬鞭策马不停留，莫畏高峰莫畏沟。一路清风揽两袖，解骖当觉不含羞』。这首诗，几乎是一个浓缩了的就职宣言。诗写得直白痛快，作者真实的心迹现于笔端。

此后，有关这一话题的诗作，出现了较前复杂的情状。一九九八年的《致友人》有着这样的表述：『吾自愁心日夜萦，方知水火不相生。无才似我知愚钝，两处分心两不成。』实践让他感悟到：所谓治学与行政工作可以双肩挑起的难度实在太大。这难度，反映在是否出版自己的论文集上成了焦点。论文集是否出版呢？责己甚严的文金的回答是：『梦温过后又思忖，细细从头审梦魂，自愧本非龙凤爪，任他岁月不留痕。』（《欲出论文集复作罢感而记之三首》）当校务真的夺去了自己太多时间，他清醒地意识到『两处分心两不成』的处境，果断地做出了自己的抉择。诗中作者感情波涛的起伏，让我们既认识了他的诗作之真，也认识了一个河大人的操守。光明磊落的胸襟日月可鉴。

对师、友、学生思念的文字在《愧书庐吟草》中占有较多的篇幅。在文金怀念任访秋先生的几首诗里，第二首诗对我的触动最大。诗勾起了我对先生和文金的一段不寻常的回忆。这首诗忆及的是先生执教时的情境：『曾记任公施教殷，心香怀德播芳芬，大家风范随行影，沥血呕心谁比君』。教学中『沥血呕心』的任先生，在『文化大革命』中却又一次受到了迫害。经历了数年的精神煎熬，一九六九年，终于到了『斗批改』的后期，政治环境稍有放松，开始进入所谓『落实』政策阶段。在灵宝朱阳农村，我和文金被『军宣队』分配到了落实任访秋先生政策小组里。任先生的学问、为人我们都清楚。他历史清白，解放前一心做学问，没有参加过任何党派组织。但在『文化大革命』中却仍在三番五次地审查他的历史。此时，进入了对先生历史作结论的『外调』阶段。先生对专案组说：解放前，他的学生党××对他最了解，可以证明他当时对进步学生的同情与支持。出发外调前，我和文金讨论过多次，一致认为先生档案里，现有证明材料有力地说明，先生是一位正直的、有正义感的知识分子，已经完全没有必要再浪费人力、财力外出调查。但是既然要我们去找党××，我们跑一趟也不会给先生带来新的伤害。党××是位老革命，时任中共三门峡市革命委员会主任。见面后，听了我们的来意后，党××关心地询问了任先生的身体情况，然后讲了不少先生当时支持他们这些进步学生的事。党××雄辩滔滔，述说的斗争故事津津有味。他最后说：『像先生这样进步的知识分子，人们怎么至今还揪住不放？你们等着，我立即给我的老师写份材料，你们下午就可以拿到。』党××的材料写得具体真切，很有说服力。看了材料，我和文金都为先生『庆幸』，心想：先生的问题总算解决了。文金比我心细。他对我说：『老师，回去后，本来你向专案组汇报最好。不过，「文化大革命」中冲击过你，说你右倾，说你这这那那，万一有人又出来责难，既对你不好，又会影响任先生问题的解决。还是由我来汇报吧。』我理解文金的好意，良苦用心。他的这一份情谊，我虽然从来没有对别人说起过，但它却一直珍藏在我的记忆里。文金向专案组汇报后，任先生所谓的『问题』终获解决。

『文革』结束后，我和文金在学术研究、出国访问中，又有过多次愉快的合作。还有一事值得提及。《中国解放区文学史》的写作，我承担的任务较重。按时完成任务及时出版，涉及到学科建设的全局。我当时兼任中文系系主任，事情较多，惟恐写作任务不能如期完成。无奈之下，就向学校提出了短期休学术假的申请。时任副系主任的文金，全力支持我的申请，主动站出来承担了更多的系务。我在休假期间按时完成了写作任务，文金为此却付出了学术上的牺牲。每念及此，我内心时常惴惴不安，文金却从来没有说过一句怨言。《愧书庐吟草》对我以恩师相称，并有几首诗忆及我们之间的友谊、交往，情真意浓，给我传递出了能够贮存良久的感动。

诗的写作来自于创意，而创意是一种挣扎。文金在诗美的营造上颇为用心。他的不少诗作的表达方式，都有精细微妙的独创之处。如《愧书庐吟草》中的《鸟儿》一诗：『枝头草上鸟轻嘤，顾盼行人似有情。笑问缘何啼语小，恐因声大碍书生。』作者与鸟儿轻声对话，诗意浓巧，自然天成，情趣盎然。『恐因声大碍书生』一句神来之笔，竟把全诗点活。『笑问』句与贺知章《回乡偶书》『笑问』句，自有异曲同工之妙。

《访栾川县潭头镇》第一首也属佳构：『一路风光未敢留，此行意在访潭头。总嫌导引行车慢，欲趁斜阳觅旧楼』。作者为何急急地要访潭头？

这是因为，潭头在河南大学校史上，曾经写下过光辉的一页。抗日战争最艰苦的一九四二年，河大师生不惧艰险，克服了许多难以想像的困难，继续在中原大地坚持办学，赢得了抗日军民的尊敬，并被行政院批准，由省立河南大学改为国立河南大学。正承担着河大校务的王文金，出访潭头，盼望早点来到当时河大所在地，一睹潭头容姿，就是要从潭头的办学传统中，汲取今天创办新河大的精神动力。诗中的『总嫌导引行车慢』，就是这种急切心情的生动展示。

写于骨伤后的《点绛唇》、《诉衷情》两首词也十分出色。《点绛唇》上片发端突兀，极写冬寒岁末夜空雷声坠，过片用『物候何知，错乱冬春季』与之照应。下片的『人生事，落花流水，谁会其中意』，含蓄深沉，回味无穷。

于『病卧日三秋』、『酿作一腔愁』的痛苦日子里，诗人取用《诉衷情》词牌为题来诉述自己的衷情。一个月前，作者在办公室不慎摔倒，致右股骨头粉碎性骨折。但『一腔愁』并没有让诗人消沉下来，出现于他眼前的，依然是一片春光：『春草绿，鸟声柔，步从头。』他要从病床上站起来练习走路了！词这种抒情诗体，在作者笔下，创造出了难以言传的境界。

我也很看重《祭扫归家后感思两首》、《叹老鸟守空巢》这一类诗作。这些诗，不仅文字简约、精警，而且诗的反思力度则可直抵人们的心灵深处。祭祖感思诗第二首的『白发衰颜犹护子，愧儿反哺不如禽』，是诗人献给自己，也是呈献给天下所有做儿女者的箴言。在《叹老鸟守空巢》里，诗人更把这一箴语推向了情感的极致：『曾记呱呱几雏初，殷勤老鸟哺辛茹。如今振翅分飞远，留得双亲羽自梳。』『羽自梳』的现实也许是一种历史的进步，但对振翅飞远者来说，眼前摆着的显然是一个严峻的伦理话题。就文金的诗风来说，他在这里则还只是轻轻点过。他的旷远而宁静的诗风，恬淡中和的心境，酿出的是至味中的平淡。我喜欢读文金的诗，喜欢读他那些清纯、而又略带几分苦涩的诗。

二〇一三年十月于河大

序二

关爱和

王文金教授是我的授业老师，其《愧书庐吟草》即将付梓，我在先生处得打印稿一册，先睹为快。不才如我，追随老师左右多年，拜读一过，触动颇多，把有些想说的话写下来，一是对先生五十年披沙见金之作的出版表示祝贺，二是提供诗之背后本事一二，为后之读诗、赏其绝妙之境者导夫先路。

与先生初次相识，是在大学的课堂上。我是恢复高考制度后的第一年到河南大学学习的。一年级时，中文系开设『毛泽东诗词』课程，授其课者即是先生。那时的先生，不足四十岁。上课时着中山装，举手投足间，玉树临风般的优雅。经过『文革』的大学生，对毛泽东诗词，几乎都是耳熟能详且能出口成诵的，在大学的课堂上再讲出新意，非常不易。老师选择的是一门挑战自我，也是挑战听众的课程。但一进入课程，大家都被先生的讲解所吸引。先生讲课时一口浓重的信阳口音，信阳口音中保留有不少的仄声字，加上先生读过私塾，有吟诵的功底，读起诗词来，抑扬顿挫，别有一种韵味。留在大家记忆中最为经典的段落，就是先生所讲的毛泽东的《沁园春·雪》。这首词，先生是围绕着词的起首、过片和结尾三个重点来讲的。先生说，起首三句是总写『北国风光』的气势恢弘。下面七句，即是对『北国风光』的具体描写。『江山如此多娇，引无数英雄竞折腰』两句为词的过片，承上启下，对全词起关锁作用。当先生讲完这些后，他扔下讲义，用信阳口音吟诵起词的下半阕来。吟诵后，先生便激情地挥动着手势，点数起历代为江山折腰的英雄来：『秦皇汉武，你不行，你略输文采，你回去； 唐宗宋祖，你不行，你稍逊风骚，你也得回去； 一代天骄，成吉思汗，你更不行，你只识弯弓射大雕，你还必须回去。俱往矣，你们都是有局限性的过往英雄，都应回到你们原有的历史位置上。「数风流人物，还看今朝」，谁是今朝的风流人物呢？ 是我们的工农兵，是我们的人民大众！』口语解词，一气呵成，酣畅淋漓，使结尾的点睛之笔，气壮山河，意犹未尽。上述语言的精彩，还在于『你回去』的『去』，『射大雕』的『雕』，『工农兵』的『兵』，用信阳话讲起来，几乎都是短促的仄声。『去声分明哀远道，入声短促急收藏』，顿挫有致，别有韵味。这段讲课的精彩，被几个善于模仿的同学演绎成为经典的语言段子。领袖诗词的大气和信阳方言的优美，在先生的课中完美地结合了在一起。对这首词，先生条分缕析，讲了足足两个课时。我从先生的毛泽东诗词课中，当时就猜想，这是一位在旧体诗词上有很好功底和艺术鉴赏力的老师。这种猜想，在今天读《愧书庐吟草》时，得到了印证。

先生在《愧书庐吟草·后记》中说：『我自念私塾后，便喜欢上了古典诗词，随着读的诗多了，愈加觉得徜徉在诗词中的愉悦，于是自己偶有感发也写起诗来。』先生对诗词创作所持的观念，以及他所创作诗词的主要内容，他在《自序诗》中，都用诗的形式作了表述：

诗观崇尚莫空吟，意象生成肺腑音。洪细和谐归律韵，
语言休费郑玄心。

光沐露滋岁月驰，既催草木又催思。吾常嚼得人生味，

意到心随便赋诗。

前一首是先生写自己的诗观。诗不尚空吟，因感发而兴起，意象生成于肺腑之音。诗作不论豪放与婉约，均应形象含蓄，和谐生姿，并应符合近体诗的平仄声韵要求。在诗的语言上，追求平易畅达，尽量少用典，不走生涩奥衍之路，免得后人像郑玄一样，劳费笺注之心。后一首，先生写自己所创作诗词的抒情主旨。其主旨，即先生所言：『吾常嚼得人生味，意到心随便赋诗。』先生于诗，有自己的选择，也有自己的坚守。

《愧书庐吟草》咀嚼人生之诗，是从先生一九六五年大学毕业后留校任教开始的。留校任教是先生进入社会人生的第一步，他在『感留母校续恩长』的同时，也对家乡有一种不忍割舍的眷恋之情：『远望鸡公南水湾，私心曾欲报乡关。虽云留校属褒用，仍有情牵难梦闲。』这种情感，既是欲对家乡养育之恩的报答，又是对父母亲人的隐隐牵挂。于是，当先生报到领取第一个月的工资后，便『匆匆并步至邮亭』，寄钱回家。『家中困似车薪急，盼我添杯水到庭』，一个从农村出来的读书孩子，其对家乡亲人急切的报恩心情，跃然纸上。

先生留校后并没有立即任教，而是作为工作队员参加了农村的社会主义教育运动。社教归来后，便是长达十年之久的『文化大革命』。在这一过程中，先生所写的人生之诗，如《卖书两首》《望景》《黎明感思》《从睢杞林场返校后作两首》等，都由衷地抒发了他对怠慢知识、虚度年华的担忧与感思。他在写于一九六九年和一九七一年的诗中分别这样说：『辗转又闻鸡报晓，蹉跎岁月奈如何』；『白驹过隙七年快，尚未为师登讲台』；『文人万里开眉眼，未读车书有隐忧。』这里既有对个人的惋惜，也有对时代的感慨。

一九七八年，先生真正步入了安心读书教书的人生之路。高考的恢复，高考后第一届大学生的入学，使先生读书教书的愿望真正得到实现，在三尺讲台给我们讲毛泽东诗词课即是在一九七八年。诗中写到的参与刘增杰老师主持的国家第六个五年计划社科重点项目之一的《抗日战争时期延安及各抗日民主根据地文学运动资料》，始于一九七九年。一九七九年先生近不惑之年，他在诗中感叹道：『英年岁月逝烟尘，欲上书山将四旬。非是光阴抛却易，实因时势不由人。』先生并没有因逝去英年岁月而气馁，反之却借《观菊》一诗，勉励自己奋进：『且看黄华面对秋，敢同青女比风流。男儿铁血刚强汉，嗟叹愁眉岂不羞？』

由于先生的刻苦自励，其所写的论文也大都出自这一时期。从诗集中可以看得出，先生此一时期的情志是向上的，诗风是明朗的，教学与科研生活也是充实的。

先生的读书教书的书斋生活，因校内的工作调动，并没有持续多久。一九八七年底，先生从中文系副主任的岗位上被调至学校教务处长的位置上，这是他人生经历中的转折点。

从先生所写的诗中看，他对这次工作岗位的转换，似感到有些突然与遗憾，他在诗中写道：『师老殷殷费指南，书山有路赖勤探。谁知驽马疾奔走，又命新途换座骖』。当他不得不服从组织的安排时，他又以《感恩师刘增杰先生两首》为题，表达了他对原有生活的留恋，并对老师继续不吝赐教有所企求：『师如佛老立高岑，移步频添不舍心。曾授经书传慧命，还期衣钵度金针。』

但是，由于教务工作的琐细繁忙，迫使先生难以回到原有的安静读书生活中。一九九一年先生又出任分管教学的副校长，这时他再腾出很多精力去进行读书与研究，更是成为一种奢望。

自此以后，先生人生之诗的主要情结，即是对书斋生活的向往和对疏远专业的惋惜。一九九四年，有《苦对书庐》一诗：『曾随笔砚自舒如，春夏秋冬觉未虚。一自荷肩公务后，至今空负小庐书』。此诗中『空负小庐书』的纠结，就应是作者《愧书庐吟草》书名的由来。一九九五年，先生骨折，右股骨头人工置换，致使运动受限，血流不畅，继而殃及心脏。先生曾说：『强在人前充好汉，谁知背后暗医伤。』由于以上原因，先生此一时期的诗，都隐含一种无奈的苦涩之味。一九九六年，先生执掌学校的行政工作，他更感到公务与业务难以相兼。在这种情况下，先生只有再次空负书斋而专心校务。即在此时，我作为分管科研、研究生和外事的副校长，一直陪伴着先生左右，共同为加强学校的学科建设而奋斗。一九九八年，学校博士单位获得突破，先生有《为我校成为博士授予单位而作》一诗，以记其事。先生以辜负书斋的代价，为学校发展树立了丰碑。

二〇〇一年九月，先生卸下校长重任，他以《卸肩三题》，抒发了他卸肩时的心情，并深情地回顾了我们共同度过的那一段值得记忆的岁月。诗写得情真意切，我不妨把它照录于后，以飨读者：

一

一介书生驽马情，奔驰总恐误庚寅。早期良驵能千里，
今喜兵曹大宛名。

二

不舍河川到海瀛，涛声送走几春明。人生驿站多风景，
水绿山青又一程。

三

梅影伴随竹瘦枝，月明云暗暑寒驰。难忘群策合群力，
一段时光一段诗。

先生卸任校长后，坦然地回到了书房，过起了宁静的书斋生活。先生的书斋生活，除用少许时间整理论文集外，主要精力都花在读书作诗上。先生在《闲居杂诗三首》中有云：『经史闲书随意浏，书香扑面乐春秋。每当读至陶情处，好似麻姑搔白头』；『向晚悠悠漫步游，斜阳犹照树梢头。推敲不觉成诗后，

明月偷偷上小楼。』其在祝贺河南吟诵学会成立时又写道：『随年渐老自从容，独对诗词兴味浓。晨起临窗贪宋韵，夜来倚枕沐唐风。忧愁消尽尘嚣外，喜乐沉迷意境中。同贺今成吟诵会，与君共唱大江东。』回到宁静中的诗人，同时也回到了幼时喜爱的沉迷之中。先生从身体到灵魂都进入到一种自在的境地。此种求仁得仁的人生境界，让我等羡慕。先生在《七十自寿》诗中云：『恍觉童年犹昨日，却惊七秩入今秋。』『老景最需能淡定，轻风平水静悠悠。』这些诗，都真实地写出了先生当下的生活与心境。

先生的诗，除写个人人生感悟外，也围绕着他经历中的所闻所见，写社会人生与师友人生。写社会人生的诗，如《观寺僧四首》《与青年对话》《父母与子女》《叹老鸟守空巢》《农民工自叹两首》《问骗人者》《由抢购碘盐所触发之感思》《街头》《盼清风》《夜思》《雾霾》和《新气象两首》等等。写师友交往感悟的诗，在集中则更多。如，二〇〇八年是七七、七八级校友入校三十年纪念，两个年级的近两千学生同时返校，先生有《七七、七八级校友返校感作两首》记此盛会：『曾记东风破冻开，万千学子踏春来。风霜卅载重相会，尽是中流砥柱才。』『会场校友喜盈腮，幻似桃红齐绽开。若问此时心意事，老夫专为赏花来。』此时离先生给我们讲授毛泽东诗词已经三十年，当年风华正茂的老师已步入古稀之年，我们也由青年过渡到中年。读此诗，不胜感慨系之。

走笔至此，已甚饶舌，但最后还想用先生一九九四年《共勉两首》中的一首诗作为本文的结语：『窃谓人生一部诗，抑扬顿挫自吟之。韵含苦辣酸甜味，情伴乐哀喜怒时。』愿先生人生之诗常写常新。

二〇一四年七月于河大

自序诗五首

一

如蜜如醇诗国诗，沁心润肺美滋滋。一从少小初尝品，便渐深怜至老时。

二

诗观崇尚莫空吟，意象生成肺腑音。洪细和谐归律韵，语言休费郑玄心。

三

光沐露滋岁月驰，既催草木又催思。吾常嚼得人生味，意到心随便赋诗。

四

未欲诗林占一枝，故将付梓又疑迟。打油终是难抛却，留待他年忆旧时。

五

日虽偏西近夕阳，斜光仍可照书窗。诗兴若是重来袭，犹赋人生韵语章。

二〇一四年春作

留校任教感作两首

一

朝晖四载暖寒窗，欲别犹闻师教香。尚未衔环报寸草，感留母校续恩长。

二

远望鸡公南水湾，私心曾欲报乡关。虽云留校属褒用，仍有情牵难梦闲。

注释

鸡公，即信阳鸡公山，余家乡所在焉。

一九六五年八月作

于刘义正君将别校时共赋诗两首

一

汴梁共度四春秋，同学同乡莫逆俦。将别千言归一语，相扶砥砺至银头。

二

人生道路似长河，难免急湍礁暗多。试驾兰舟初涉水，扬帆遇阻莫悲歌。

注释

大学毕业时，义正君被分配至省教育厅工作。当时他忙于离校，情存而诗未成。这两首诗是由我俩后来一起推敲、共同补作而成。为存忆分别时之情怀，又为顾及时间之脉络，故将诗之写作时间，仍书为刘君离校之当时，特以记之。

一九六五年八月

领取首月工资后即速汇款

天气晴和花亦馨，匆匆并步至邮亭。家中困似车薪急，盼我添杯水到庭。

一九六五年八月作

参加社教归来作并序

一九六六年六月『文化大革命』开始后，参加农村社会主义教育运动之老师多被召回学校，我与少数老师奉命仍留当地做社教观察员，至十月六日结束观察工作，返回学校。

一年社教甫归来，惊见楚河汉界开。俱是业师无远近，依刘随项我难裁。

一九六六年十月十日作

卖书两首 并序

学校将于一九六八年十二月二十八日，奉命迁往灵宝县朱阳镇山区进行『斗批改』。行前传言，大学今后是否再办也未可知，很可能由『斗批改』而过渡到斗批散。于是，师生们便纷纷将自己所藏书刊当废纸倾售，商家还在校内设有许多废品收购站。

一

待发仓皇整旅囊，卖书情景最堪伤。手提车拉频来往，更有商家争客忙。

二

悬梁刺股太荒唐，凿壁偷光不可扬。今有新风新式样，斗批可出好文章。

一九六八年十二月二十五日作

喜得鹅石

漫步河床得石鹅，逼真神貌见难多。端详仔细思量久，浪击翻腾经几磨。

一九六九年春作于灵宝

望景

古道函关接旧秦，山林掩隐土窑屯。登高欲识遥迢景，却是苍茫辨不真。

一九六九年春作于灵宝

打柴

两山对峙夹溪漕，谷底幽深觉日高。近水桃花开正艳，打柴犹可赋风骚。

一九六九年初夏作于灵宝

夏夜

蚊扰热侵梦不成，相邀几友步三更。漫谈多是身边事，时有飞萤扑近明。

一九六九年仲夏作于灵宝

黎明感思并序

一九六九年仲夏，师生从灵宝返校。黎明醒来，闻窗外大风拂动桐叶，遂起诗兴，即成一绝。

小桐日见满枝柯，绿叶拂窗扰梦多。辗转又闻鸡报晓，蹉跎岁月奈如何？

一九六九年仲夏作

欲赴豫东南睢杞林场并序

师生从灵宝返校作短暂停留后，又赴睢杞林场，继续进行斗批改。

灵宝归来作暂留，行装又整欲东游。文人万里开眉眼，未读车书有隐忧。

一九六九年仲夏作

从睢杞林场返校后作两首 并序

一九七一年一月，师生从睢杞林场返回学校。时隔几年，校园疏于管理，杂草丛生，门窗被损，桌椅等物丢失。面对如此荒芜残破之景象，感发兴起，遂成二绝。

一

似鸟飞旋西复东，又将重沐旧巢风。今归似入陌生地，灌木蓬蒿乱眼中。

二

教室门窗破漏风，室中桌凳已无踪。难堪最是存书库，乱纸堆中有落鸿。

注释

书库，指各系之资料室。图书馆藏书，因有人留守，尚保存完好，而各系资料室，因人去楼空，俱遭到了破坏。

一九七一年一月作

赴宛招收工农兵学员感作

瑞雪将飞梅欲开，农桑不事选人才。白驹过隙七年快，尚未为师登讲台。

注释

农桑，指当年我与一些老师轮流到校办农场参加劳动锻炼之事。

一九七一年冬作

游卧龙岗吊诸葛亮

出师一表血凝成，未负茅庐三顾情。虽有长眠未捷恨，至今谁不说清名。

一九七一年冬作

悼周恩来总理两首

一

虎穴龙潭任去来，千丝万结解能开。病魔谁料公难奈，何处还寻相国才？

二

十里长街哭最哀，寒风热泪结冰腮。嘶声老幼同呼唤，闭目缘何不欲开。

注释

数万群众自动列队于北京长安街道路两旁，哭送总理灵车。

一九七六年一月作

悼朱德总司令

巍巍大气色如铜，戎马功勋百世雄。归去道山人念远，三军司令老农风。

一九七六年七月作

唐山大地震 并序

唐山地震，发生于七月二十八日凌晨三时，震级为七·八级，系特大灾难。

生命万千欲夜安，谁知一梦变长眠。巨星双陨哀难逝，又哭唐山泪已干。

注释

巨星双陨，指周总理与朱总司令逝世。

一九七六年八月二十日作

悼毛泽东主席

击水湘江曾遏舟，燎原星火起秋收。长征动地诗篇在，建国惊天勋业留。独举旌旗抗两霸，三分天下结多俦。一生壮烈风云事，留得人间念不休。

一九七六年九月作

老父去世欲写祭文时感作

夜守椿灵写祭文，追思往事乱纭纭。欲将心静心难静，休教泪纷泪愈纷。哮喘早知销瘦骨，风寒谁料送残曛。再陈万语缘何用，寿老家君不可闻。

一九七七年农历十月十四日作

家母病危星夜返乡

车抵县城觉晓凉，还需徒步赴村乡。寒风剪剪吹荒草，细雨纷纷湿旅装。难卜吉凶情正怅，又逢坎坷路偏长。进门灵柩惊呆眼，难抑伤情泪自汪。

一九七八年农历五月五日作

清检父母遗物感作两首

一

半载双亲俱寿安，思来难抑满心酸。寥寥遗物何堪检，恐睹衣褴摧肺肝。

二

年将不惑业无修，于国于家恩未酬。莫叹读书无一用，农家更比小儒愁。

一九七八年农历五月作

观菊

且看黄华面对秋，敢同青女比风流。男儿铁血刚强汉，嗟叹愁眉岂不羞？

一九七八年深秋作

文苑春天

晴和渐暖柳丝长，草长莺飞春气扬。师老争先忙润笔，青年学样不彷徨。

一九七九年春作

登长城

长城久慕始登临，一览方惊壮古今。南北苍茫云里望，东西逶迤步中寻。雄奇当是血魂铸，厚重原为根底深。兄弟阋墙成往事，和谐共发富强音。

一九八一年冬作

查阅资料感作四首并序

列入国家第六个五年计划社科重点项目《中国文学史资料全编·现代卷》之一种《抗日战争时期延安及各抗日民主根据地文学运动资料》，由以刘增杰老师为首几位老师承担，历时两年完成。下面四首诗，是书成稿后，回忆我在查阅资料过程中之感思。

一

发黄书报贵难求，拂去陈灰细细搜。抗日军民怀大义，怒从文艺觅吴钩。

二

峻岭苍松两水长，英雄传里吕梁乡。今来向应图书馆，半是查寻半吊亡。

注释

山西省忻县设有关向应图书馆。馆内珍藏，除有书刊外，还有毛泽东等中央领导同志当年为关向应同志不幸逝世时所撰写之挽联和悼词。

三

半城山色大明湖，单访南厢一古楼。沂水胶东抗战事，馆藏文艺说风流。

注释

济南市大明湖畔，楼阁林立，有一古楼藏有当年山东抗日民主根据地所出版之书籍和报刊。沂水，指沂水、沂蒙山一带。胶东，指胶东半岛。这两个地区，抗战时为我抗日民主根据地所在地。

四

扫平倭寇八年更，浩劫中华历死生。莫谓豺狼易本性，警钟代代应常鸣。

一九八一年冬作

观育秧

椿树蓬头稻种浸，花开蝶舞乱鸣禽。育秧田整平如镜，洒向泥中尽是金。

一九八三年春作

城外惊望

狂风暴雨猛如潮，昨夜难眠听苦嚣。晨起郊原惊四望，出梢麦穗水中焦。

一九八四年五月作

观牡丹两首

一

谷雨东风吹绿野，牡丹灵性应时开。
观花莫待锦英落，夺秒争分疾步来。

二

美似天仙乱眼眸，雍容华贵总勾留。
归途已是夕阳晚，欲不回头岂自由。

一九八七年四月作

于校内调整工作岗位时感作两首

一

英年岁月逝烟尘，欲上书山将四旬。非是光阴抛却易，实因时势不由人。

二

师老殷殷费指南，书山有路赖勤探。谁知驽马疾奔走，又命新途换座骖。

一九八七年十二月作

感恩师增杰先生两首

一

感谢恩师诚意留，还曾与校作商谋。自非七十二贤者，得此青眸感愧羞。

注释

刘师增杰先生，时任中文系系主任。当他知道学校要调整我之工作后，便急忙骑上自行车去与学校商量，期将我仍留中文系工作，虽未果，其厚爱之心却令我十分感动。

二

师如佛老立高岑，移步频添不舍心。曾授经书传慧命，还期衣钵度金针。

一九八七年十二月作

赠何先生并序

何先生系河大老校友，曾在政治上受到误伤，今读他所寄一卷诗词，不胜感慨，故而有赠。

诗词一卷寄遥深，欲说还休字字斟。世道人情非往日，长才更可展诗心。

一九八八年五月作

观红军长征影片后作

远山积雪不知年，花木何曾生此边。谁信红军雪里过，眼前顿绽万梅鲜。

一九八九年十月作

教师节感怀

千桃万李互偎依，细作精耕催长肥。每至花开结果日，惬心难掩笑颜绯。

一九九〇年六月作

题画鹰

山头峭石立雄鹰，双翼欲张目远凝。且待搏风呼啸起，长空万里任升腾。

一九九一年八月作

读《咏柳》有感

曾巩千年咏柳章，至今犹觉意深长。年年杨柳春风面，总戒私心莫逞狂。

注释

曾巩，宋诗人，其《咏柳》诗为：『嫩条犹未变初黄，倚得东风势便狂。只把飞花蒙日月，不知天地有秋霜。』

一九九二年春作

观芦苇

飞廉日数变行踪，时向西南时北东。池里芦苇忙不迭，随风起舞乱鞠躬。

注释

飞廉，风伯也，即风神。

一九九二年初夏作

湖堤行

初晴绿柳润油新，湖上波光闪似银。垂钓正抛香诱饵，贪心鱼子挂丝纶。

一九九二年初夏作

望潮

大河雨后看潮生，波涌涛翻若万鲸。后浪蝉联前浪进，如斯日夜自奔行。

一九九二年夏作

观丝瓜长势感作

倚架攀爬长势盈，无依匍匐叶黄生。阳光雨露通情变，也媚高枝不助平。

一九九二年九月作

电视观寻矿者宿营

熊熊篝火暖胸膛，身后阴风透骨凉。多少离家寻矿者，如斯夜夜饮寒霜。

一九九三年十二月作

共勉两首

一

师生情谊出心窝，难免相逢话语多。道是与君持一念，不封固步不随波。

二

窃谓人生一部诗，抑扬顿挫自吟之。韵含苦辣酸甜味，情伴乐哀喜怒时。

一九九四年八月作

苦对书庐

曾随笔砚自舒如，春夏秋冬觉未虚。一自荷肩公务后，至今空负小庐书。

一九九四年十月作

鸡鸣

半醒窗棂未透明，暖衾又欲报鼾声。鸡鸣忽起东邻舍，推枕开眉心暗惊。

一九九四年十月作

骨伤后感作两首 并序

年末校事已毕，我在办公室备课，因地板砖光滑，不慎摔倒，致股骨头粉碎性骨折，必须尽快置换人工股骨头。

一

风云变幻骤而玄，忽是晴空忽黯然。手抚伤肢抬望眼，一时无语问苍天。

二

休应问天应自宽，风云变幻有何干。须知世上多残友，胜我伤情比我难。

一九九五年一月二十七日作

点绛唇

岁末寒催，夜空却有雷声坠。梦深无备，惊醒重难睡。　物候何知，错乱冬春季。人生事，落花流水，谁会其中意。

一九九五年一月二十七日作

手术

凿骨声声听太真，任凭高手妙回春。年逾天命人生半，股骨何期又换新？

一九九五年一月二十九日作

术后入梦

初夜东窗月影多，朦胧我已会南柯。梦中不觉身非健，涉水攀山仍放歌。

一九九五年一月二十九日夜醒后作

除夕

妻儿默对病床前，我自沉思不欲眠。顿觉灵台开俗念，人生宁阙莫求全。

一九九五年一月三十日（农历甲戌年除夕）作

盼春

寒冷寂寥冻不开，相谈多是盼春回。莫非青帝犹贪睡，忘遣东风送暖来。

一九九五年二月十日作

下床练步两首

一

自笑风霜半老人，又来学步忆童真。人生滋味需重品，品尽辛酸味自纯。

二

难履平衡木已轲，男儿莫皱两眉蛾。古云跬步成千里，不辍方为行路歌。

一九九五年二月二十日作

倚栏晨望两首

一

晨起阴霾望眼迷，楼高更觉四天低。倏然一阵东风起，雾散云开鸟又啼。

二

多年晨起校园行，今却心余步不成。扶杖倚栏良久立，观天自问是何情？

一九九五年二月二十三日作

诉衷情

月来寒气压床头，病卧日三秋。杂陈五味谁诉，故酿作、一腔愁。 春草绿，鸟声柔，步从头。目凝窗外，意乱笫前，欲下层楼。

一九九五年二月二十七日

清平乐

红绸白缎，桃李花灿烂。劳倦老妻银发满，扶我花阴行缓。　蹒跚莫笑儿男，骄阳湿透衣衫。亭下倚栏小憩，细听双燕呢喃。

一九九五年二月二十八日作

重回办公室

拂去尘灰几案明，开窗放进暖风清。莫因一蹶人难振，应记前行步步平。

一九九五年三月六日作

观烟雾又欲戒烟

升腾烟雾似蛇盘，身段柔和性却残。一旦交深缠不舍，天长日久噬心肝。

一九九五年三月十五日作

眺湖

前见冰封似覆银，今来却是满湖春。鸬鹚追逐深潭里，丘鹬逍遥浅渚滨。几只画船摇细浪，四边垂柳舞丝纶。欢声堤上多游客，行坐东风望入神。

一九九五年三月二十日作

沙尘暴

才有晴和催绿茵，漫天沙暴又来频。莫因肆虐愁心绪，自古浮尘难掩春。

一九九五年三月二十五日作

感竹

虚心有节秀颀长，柔韧还兼质地刚。非唯松梅愿结友，贤人谁不效幽篁。

一九九五年夏作

悼靳德行校长访德归国途中骤逝两首

一

噩耗传来举校惊，总疑两耳错闻声。行前欢送犹留眼，教我如何抒吊情。

二

辅佐相依将五年，知君志向薄云天。崩殂中道惜难了，更哭霜风异国眠。

注释

靳校长安葬于俄国西伯利亚。

一九九五年六月二十七日作

枕上作

墙外叶杨繁茂枝，清晨叶响总催思。不知多少真情句，灵感生成即此时。

一九九五年六月作

晨练

师生晨练喜新晴，抖擞生风足有声。我自骑车能代步，更添风景一程程。

一九九五年六月作

路过花园感思

东苑百花各吐香，难分良莠互无妨。何人偏要寻多事，却道姚黄压众芳。

一九九五年七月作

至栾川县龙峪湾

碧山秀水小龙湾，同伴登高我望山。远处静观许更好，望山犹可赏云闲。

一九九五年七月作

清晨林中漫步

叠翠含烟秀可餐，沟深脚下有急湍。清晨莫道林中静，两省鸡鸣听一山。

一九九五年七月作

急欲访潭头镇

一路风光未敢留，此行意在访潭头。总嫌导引行车慢，欲趁斜阳觅旧楼。

注释

抗战时期，河南大学迁往嵩县潭头镇（现为栾川县所辖）。

一九九五年七月作

感山水情仇

白杨叶响伴松涛，碧水潺潺汇峪漕。如血杜鹃开又谢，难忘学子对屠刀。

注释

一九四四年五月，日寇窜入潭头，河大学子与敌英勇搏斗，多有牺牲。

一九九五年七月作

登潭头九龙山

九龙松柏气森森，顿觉云天似有音。应是先贤述旧事，潭头河大入强林。

注释

河南大学在潭头艰难之岁月里，于一九四二年三月由省立晋升为国立。

一九九五年七月作

夏日骤雨后

雨过天青日又红，校园花木益葱茏。枝头鸟雀重啼叫，人沐清风水自东。

一九九五年七月作

观荷

晨光喜看小池荷，带露梳妆如美娥。好似悠悠无事事，暗中却结白莲多。

一九九五年八月作

过长江

江水滔滔日夜流，穿山过岭不回头。艰难到海缘何事，欲展胸襟作壮游。

一九九五年八月作

看人

站立峰巅作鸟瞰，平原人物小如丸。须知仰望同如此，莫以居高妄自欢。

一九九五年八月作

又至除夕

夜夤欲睡睡难深，思绪奔腾枕上吟。终未敲成适意句，去年心事不堪寻。

注释

去年除夕，骨伤术后正卧床。

一九九六年二月十八日作

迎元日

钟声午夜新元始，梅柳枝头潜入春。晨起开门觉气暖，霞光万道出红轮。

一九九六年二月十九日作

受命抒怀两首

一

今承重任喜兼愁，恐负诸公美愿求。盼得阳光添雨露，早教春讯闹枝头。

二

扬鞭策马不停留，莫畏高峰莫畏沟。一路清风揽两袖，解骖当觉不含羞。

一九九六年五月十六日作

立夏

窗外纷纷飘落英，枝头布谷又啼鸣。大千恐有贪玩客，花鸟殷勤报季更。

一九九六年五月二十日

制定学校『九五』规划

日照楼台含淡烟，夏来花木更芳鲜。集思昨日筹长策，欲写新篇又五年。

一九九六年五月二十一日作

长子肠肿瘤手术两首

一

连天风暴啸楼墙，沙打门扇惹躁狂。无可奈何愁刺枕，昨宵又是九回肠。

二

晨起东皋看小松，夜经风雨仍从容。信凭活力根深固，定可参天至九重。

注释

长子按行排原名治松，故有『看小松』一语。

一九九六年五月二十六日作

早起赴京于校园所见

疏星淡月甫鸡鸣，灯下读书已有声。惊喜暗生愧赞语，学生勤奋胜先生。

注释

灯下，指路灯之下。

一九九六年六月作

车行途中遇雨

大雨连珠落有声，狂风闪电暴雷鸣。征途岂有常晴日，风雨奔行别有情。

一九九六年六月作

赠一毕业研究生

舟车徒步路迢迢，水复山重志莫消。待得十年回望日，妖娆风景为君娇。

一九九六年六月作

鸟儿

枝头草上鸟轻嘤，顾盼行人似有情。笑问缘何啼语小，恐因声大碍书生。

一九九七年夏作

慰一新生

一例青衿一样亲，黉堂从不择豪贫。莫攀相送无车马，应比德才成凤麟。

一九九七年九月作

无　题

草木逢春发，晨昏暗自奔。莫忧万物老，奇妙大乾坤。

一九九七年九月作

致友人两首

一

将谢梨花不可寻，细思秉烛古人心。劝君治学心安稳，莫羡淘金下海深。

二

吾自愁心日夜萦，方知水火不相生。无才似我知愚钝，两处分心两不成。

一九九八年三月作

为我校成为博士授予单位而作

曾经老校有辉煌，半世折腾风雨长。几度庠分伤气韵，一朝名易变行航。图强岂可丧情志，示弱何称创业郎。喜讯传来思代代，诸公应慰育才忙。

一九九八年八月作

观树有思两首

一

参差万树绕楼栽，楼外楼中争比材。非有众多园艺手，岂能千亩秀成堆。

二

修剪勿伤嫩柏槐，精耕呵护栋梁材。吾常自警护林日，莫妄挥刀莫乱裁。

一九九八年八月作

欲出论文集复作罢感而记之三首

一

欲搜泥爪几沉吟，拖夏延冬直到今。近月朝朝连暮暮，牵心终是梦重寻。

二

梦温过后又思忖，细细从头审梦魂。自愧本非龙凤爪，任他岁月不留痕。

三

慕师羡友大儒名，余却文章半未成。是否江郎才已尽，商量心口说难清。

一九九八年八月作

过函谷关感思

乘坐青牛驾紫云，入关老子费劳勤。鸡鸣谁说无踪影，道德经存即是君。

一九九八年八月作

戏读书与写作两首

一

手持大著出名家，似品珍馐坐饮茶。正羡厨娘手艺巧，忽惊公务又停夸。

二

展纸挥毫拾晚暇，欲将锈笔砺光华。奈何倦意缠眉眼，孺子终归不可嘉。

一九九八年八月作

观央视播钱塘江潮两首

一

一字排开启浪平，愈行欲猛夹雷鸣。瞬间拍岸排山倒，天地神奇出海瀛。

二

千古观潮到海门，文章诗画绘潮魂。江山难易人多易，岁岁涛声惊后昆。

一九九八年九月作

老人告犬两首

一

老人忿忿告邻獒，乱洒轻抛屎尿臊。最是难防行暗咬，一身空有好皮毛。

二

好言劝老莫心焦，狗性通人慢慢调。只要耐心讲厚道，终将烈犬训成猫。

一九九八年十月作

梦回故乡

庸碌七年未返乡，昨宵思梦惹衷肠。采茶笑语谁家女，耘地欢歌何姓郎？野鸟高飞山谷外，炊烟低绕小村旁。云深犹欲随心往，却听鸡鸣醒汴梁。

一九九九年春作

梦醒后作

年至弱冠来汴梁，而今不觉鬓苍苍。家乡山水呈诗画，古都风情含韵章。沃土双方同育养，春秋一样送炎凉。恩深力薄愧难报，思绪翻腾鼓热肠。

一九九九年春作

六十初度

老妻为我庆生辰，专备佳肴配美醇。惬意三巡人半醉，停杯欲捕六旬春。

一九九九年十二月三十一日作

新校区选址之憾

百年老校气充盈，校脉东延合众情。何事频频干预甚，生擒缧绁至西城。

二〇〇〇年七月十四日作

赴英国访问

橘老橙黄欲访英，今乘银燕启航程。寒云日夜思高危，且喜伦敦落地轻。

二〇〇〇年八月作

感英国今昔

英邦革命首称强，何事征帆掠五洋。不鉴西山红日落，又追美帝演荒唐。

二〇〇〇年八月作

游赏泰晤士河

花绕名河两岸芬，秋深来赏仍氤氲。云浮鸟下茫茫水，船动波摇闪闪曛。观景易生情万种，登桥难触塔层云。转身欲觅来时路，耀眼斜阳接地垠。

注释

泰晤士河滨建有塔桥，供游人攀登眺望。

二〇〇〇年八月作

邂逅

向晚河滨映暮云，忽逢一队玉钗裙。刘师戏问谁家好，我道清纯是内君。

注释

刘师，指与我同行访英之刘增杰老师。

二〇〇〇年八月作

于三门峡舟中劝慰某君

挺直红杨气正遒，君何学柳欲垂头。激流莫叹航程险，浪打风吹稳坐舟。

二〇〇〇年秋作

庭院

看竹知风动，观梅悟岁寒。莫嫌庭院小，气接地天宽。

二〇〇〇年冬作

观杏花

墙外杏花观几时，苞红开淡老银姿。东风不用频添力，自有灵犀脱故枝。

注释

杏花含苞时为红色，开放时转为淡红色，将谢时变成银白色。

二〇〇一年春作

田野风光两首

一

布谷声声农事忙，种瓜点豆育新秧。快肠最是青门外，斯地山光接水光。

二

红黄兰紫扑清香，亮眼丛中蜂正忙。花助蜂儿酿作蜜，蜂为花事作媒娘。

二〇〇一年春作

游杭州三首

一

丹桂飘香正好秋，既无秋困又无愁。青山隐隐杭州路，首至江南作远游。

二

浓淡相宜西子湖，诱人梦寐欲前驱。今来水榭浮云雾，好赏朦胧睡美姝。

三

离别西湖穿巷行，来寻南宋古皇城。而今华夏无通碍，游罢杭州回汴京。

二〇〇一年七月作

观寺僧四首

一

不厌峰高孤寺寒，衲衣绳榻素三餐。六根断尽离尘远，甘守清规到涅槃。

二

萧何为国追韩信，之推兴家遗教存。若是六根皆断尽，谁为家国苦思奔。

注释

之推，即北齐颜之推。其所撰《颜氏家训》皆为人生修行之要旨。

三

佛谓离尘即自由，空山禅趣苦追求。须知佛界虚飘渺，哪有逍遥自在洲？

四

大海博深不竭流，宰相腹内易行舟。莫思狗苟蝇营事，正正堂堂即自由。

二〇〇一年七月作

谒岳坟

秦桧罪愆切齿龈，命他长跪岳飞坟。若论千古忠奸事，犹应寻源溯到君。

二〇〇一年七月作

立秋

昨宵凉意入窗帏，晨起梧桐一叶飞。小鸟又来传絮语，衡山巢穴待将归。

二〇〇一年八月作

感南方诸省先旱后涝两首

一

田地裂如口，鸥凫困堰湖。山泉无滴水，相救八方驱。

二

连日倾盆雨，浪翻平地生。山崩如海啸，云黑出奇兵。

二〇〇一年秋作

苍松

长夏热潮欲灼金，又来冷雨日涔涔。苍松休管炎凉态，依旧林中守故心。

二〇〇一年秋作

于晨光中行校园

初秋雨后转晴温，花木竹枝带露痕。摘取关情几片叶，夹留书里忆春魂。

二〇〇一年秋作

卸肩三题

一

一介书生驽马情，奔驰总恐误庚寅。早期良驵能千里，今喜兵曹大宛名。

二

不舍河川到海瀛，涛声送走几春明。人生驿站多风景，水绿山青又一程。

三

梅影伴随竹瘦枝，月明云暗暑寒驰。难忘群策合群力，一段时光一段诗。

二〇〇一年九月十五日作

退居后作

几日休闲后，双肩顿觉松。深宵无梦扰，醒起日彤彤。

二〇〇一年九月作

自警

人非媳妇尔非婆，休要牢骚颐指多。尤忌自非歌圣手，退居却唱旧时歌。

二〇〇一年九月作

重回书房

今对书庐又愧书，当年有约不离居。谁知别后难由己，祈尔怜余少怨嘘。

二〇〇一年九月作

读杜甫诗

杯底翻新绿，茶香沁肺肠。曙光明几案，重读杜陵章。

二〇〇一年九月作

买菜

人来人往互摩肩，论价挑蔬忙不颠。我已十年贪懒惯，今充采买报妻贤。

二〇〇一年九月作

酬诸公邀远游踏青寻芳

明媚春光照牖台，寻芳邀我到庭来。劝公何必奔劳远，咫尺黉园花正开。

二〇〇二年春作

春日情怀

风轻日暖燕飞旋，正合身心好景天。晨练庠园谙旧路，晚观时事喜新篇。一城古韵凭游赏，满屋诗书任结缘。三戒人生经两戒，而今戒得最为先。

二〇〇二年春作

告祭于先父母坟前

父母西行逾念载，清明祭扫盼归来。纸钱灰化阴间币，香炷烟成阳世哀。举目荒郊亲去远，低头墓地草成堆。慎终追远虽云孝，莫若生前多近偎。

二〇〇二年清明节

祭扫归家后感恩两首

一

椿庭受教忆当年，似见风霜老瘦颧。悔愧不知亲会老，思来热泪滴涓涓。

二

慈恩浩荡海情深，尘满萱堂似有音。白发衰颜犹护子，愧儿反哺不如禽。

二〇〇二年清明节作

依古城墙建货棚有感

城墙曲绕似盘龙，雄踞百年老校东。强市还需创大计，淘金何苦挖墙空。

二〇〇二年七月

兰考焦桐

从来树木不称姓，兰考泡桐却姓焦。若是有疑追细问，指看焦墓泪潇潇。

注释

当年焦裕禄书记，为治沙在兰考大地广种泡桐。兰考人民为纪念他，遂将此地泡桐命名为『焦桐』。

二〇〇二年八月作

中秋赏月闻琴声两首

一

云淡天高微带寒，小廊风送古筝弹。清辉万里月明夜，是谁清音上指端。

二

写尽中秋月色诗，最佳还是东坡词。俯身静听幽深调，正奏阴晴圆缺时。

二〇〇二年中秋作

答问两首

一

茶香独自品，相伴有妻声。若问心中事，悠然淡泊情。

二

从来非嗜酒，烟早不熏喉。闲步多朝暮，笑谈忘白头。

二〇〇二年秋作

与青年对话

冷雨连绵秋欲残，青年笑我厚衣冠。我言君莫骄年少，浸透风霜亦畏寒。

二〇〇二年秋作

霜降

霜降秋深气转凉，路边绿草染轻黄。莫因落叶生惆怅，应喜陶家菊正香。

二〇〇二年秋作

游普陀岛两首

一

莲花佛顶托观音，慈面还兼救世心。手握净瓶无量水，一枝杨柳化甘霖。

注释

普陀岛，在浙江东北部莲花洋中，其岛最高峰为佛顶山。

二

游罢普陀过午天，朵颐大快海鲜筵。忽思口福莫贪饱，留得三分好悟禅。

二〇〇三年七月作

送周铁项君赴任两题

一

伴甘伴苦念馀年，草木生情自结缘。早已中流能砥柱，何堪启奏送君弦。

二

北望太行多峻峦，八陉天险比函关。知君早识崎岖路，不借云梯自可攀。

注释

铁项君原籍属函谷关所在地之灵宝县。君今赴北临太行山之新乡市一高校任职。太行山古有八陉之称。

二〇〇三年八月作

与友人看红叶

霜神魔幻手轻柔，黄叶抚成红色绸。绵亘层林望不尽，偕君山里醉金秋。

二〇〇三年深秋作

与解志熙君编校《于赓虞诗文辑存》

志熙垦荒朝暮勤，邀余来助一分耘。如今已近秋收日，共报落花梦里君。

注释

于赓虞有组诗《落花梦》

二〇〇三年十二月作

病甫愈出院两首并序

病起于七月三十日，始头疼如击，周身酸疼难忍，继之连日高烧至四十度。转至省城医院并经多方会诊，终不明患病何因、得病何名。迁延至第二十一天却出现了缓解之兆，大病不死，真乃奇迹。

一

今欲归家意万重，三旬未沐野田风。腰中革带移三孔，对镜扶腮觅旧容。

二

难言病笃险频频，起死回生信未真。出院恍如隔世日，倚门久立认风尘。

二〇〇四年八月作

出院一月记

脱却陈皮换嫩皮，老花近视变离奇。正疑是否返童日，白发随风却乱吹。

二〇〇四年九月十八日作

公园感怀

一别公园两不知，今来已是降霜时。菊开香绕亭前树，松柏林中又赋诗。

二〇〇四年十月十八日

读鲁心云君《西去东回》两首

一

西去英年飒爽姿，灞桥笑对柳丝丝。念年万里东归日，风骨铮铮胜旧时。

二

天山白雪嵩山云，化作冰心肺腑文。尝谓交深五十载，读君大著更知君。

二〇〇四年十月作

和赵愚岩先生

全南拜晤忆当年，正是葱茏仲夏天。初见言欢吾恨晚，临行相送尔趋前。君成大业心碑在，校显荣光教史镌。八秩壮心犹未已，鸿儒大笔续新篇。

注释

赵愚岩先生，是韩国全南大学校长。我曾访问过贵校。愚岩先生八秩大寿时，有诗邀和。

二〇〇四年十一月作

故乡行十四首

一

山外青山薄雾萦，清泉穿竹绕村行。幼年哪管风光好，只盼天天能饱羹。

二

几曾大病命将残，父母无钱枉自叹。少小不知生死恨，任凭造化转为安。

三

少年驱犊进村围，时见昏鸦绕树飞。
几处轻烟升袅袅，八方农事夕阳归。

四

当年牧笛又闻声，往事牵萦山涧行。
来去飞鸿无旧迹，还留日月照峦明。

五

同伴当年意气骄，登高比谁疾如飙。
今来山下思垂柳，远望峰头情似潮。

六

又见蓼花开水滨，缭人风物最关辛。童心未泯人将老，鸟起云飞望入神。

七

一别匆匆五十年，相逢莫道逝云烟。当时情景依然在，一盏油灯共桌前。

注释

访小学同学，同忆五十余年前，用一墨水瓶作油灯，共桌夜读之情景。

八

曾记峰峦望欲迷，不知山外路东西。待临负笈登程日，喜怯情同出绣闺。

注释

忆初次离家赴县城读初中时之情景。

九

曾立桥头看怒涛，心追水鸟望云高。而今忆及当时事，手拍石栏情自陶。

注释

淮河穿城南而过，念中学时，常与学友赴桥头玩赏。

十

记得深宵雨打蕉，漫吟诗句寄无聊。恨无双翼青山远，入梦依依会鹊桥。

十一

传书飞雁往来忙，互诉心声字字香。何日不知人去远，依然时有梦长长。

十二

曾植盆花山泽兰，精心呵护叶枝繁。不期别后根先烂，几度伤情扼腕叹。

十三

争妍百卉满山中，长短花期各不同。最是昙花道不得，夜开晨谢太匆匆。

十四

当年足迹已难寻，十日故乡作漫吟。又别前宵村望月，清辉难泯故园心。

二〇〇五年九月作

忆启蒙师 并序

一九四七年秋至一九五〇年春，我在本村念私塾。启蒙师常事农桑，偶以教书为业。此次返乡，与当年同窗忆及早归道山之先生时，不胜感慨，遂有此作。

腹有经纶耕麓东，又怜童子启开蒙。呕心设馆茅篷里，沥血育人端砚中。半世尘霜显面老，一身土气隐儒风。同窗共忆先生好，子曰诗云一善翁。

二〇〇五年九月作

答中学同学

虽云光似箭，犹记别离时。常忆当年影，摩肩两笑痴。

二〇〇五年九月作

访故友

旧路寻踪秋欲残，南迁群雁半空寒。西风乱扫梧桐叶，哪似当年一路丹。

二〇〇五年九月作

致大学同窗刘义正君两首

一

岁尽律回寒气轻，昨宵眠稳觉神清。曙光初照竹梅影，顿起思君忆往情。

二

阡陌相行履迹长，寒窗共砚墨犹香。时光若可能回转，还愿与君上课堂。

二〇〇六年元旦

心疾术后作

病房寂静晚生凉，倚卧读书催梦香。今日拨云扫雾后，寻常心事对寻常。

二〇〇六年五月九日作

观练太极拳有感

招式圆和柔里刚，体松心静息呼长。应参大化阴阳理，莫止单求保寿方。

二〇〇六年五月作

父母与子女两首

一

东风袅袅闹花枝，父母期儿奋发时。珍惜年华休顾盼，终生后盾有严慈。

二

待得苍颜两互持，烹茶做饭已难支。孝心儿女常相顾，切莫因忙行奉迟。

注释

二〇一一年，陈江风君公子大婚时，余曾以此两首诗相赠。

二〇〇六年五月作

叹老鸟守空巢

曾记呱呱几雏初，殷勤老鸟哺辛茹。如今振翅分飞远，留得双亲羽自梳。

二〇〇六年五月作

问骗人者

春购良稻种，秋来粒未收。售家心肺在，何忍骗农俦。

二〇〇六年秋作

和张国臣君《忆秦娥·国庆》

思人杰，英雄碑绕花如雪。花如雪，喜抛热泪，睡狮腾跃。　叠逢国庆中秋节，万民同庆歌难歇。歌难歇，桂香十里，九州明月。

二〇〇六年十月一日

感新旧中国征兵

曾记抓丁将晓明，潜村入户虎狼行。机灵揭瓦越墙疾，迟缓挥刀断指惊。建国山河尚未改，参军心事已先更。而今入伍成难事，百里挑精还托情。

注释

『断指』，指新中国成立前，被抓之农村青年来不及逃走时，为避免去当兵，便将右手食指用菜刀截掉一段，使之失去扣动枪机之功能。

二〇〇六年冬作

少林寺两首

一

禅宗古寺少林风，滋养全凭五乳功。日日香烟求有应，不知佛在自心中。

注释

五乳，即五乳峰。少林寺即建在少室山麓五乳峰之下。

二

寒梅嵩岳正蓬兴，红似胭脂白似冰。此地离尘应不染，护花况复有清僧。

二〇〇六年冬作

农民工自叹两首

一

燕燕于飞南北栖，旧巢犹可换新泥。往来我却席难暖，临别又悲老幼啼。

二

辛苦鸡鸣至月残，年薪不抵一豪餐。谁知岁尾回家晚，原是工钱觅最难。

二〇〇六年除夕作

春夜

欲寝关门喜雨飞，天公有意润春肥。果真入梦花如锦，我便乘兴步翠微。

二〇〇七年春作

读《苏轼诗选》感苏轼

东坡历仕四朝臣，四贬何堪论屈伸。诗案蒙冤难洗劫，终因诗骨寿长春。

二〇〇七年春作

春雨

——赠一学生辅导员

毛毛春雨喜常来，且润千花万卉开。更有令人惬意事，无声扫尽细尘埃。

二〇〇七年春作

台风

豪雨狂风天地昏，山崩桥断毁田村。令人最是情难忍，多少同胞作水魂。

二〇〇七年夏作

云台山中景

山中千万景，娱目不须挑。狡兔怯人面，金猴抢果糕。鸟鸣青叶树，舟泛碧溪漕。瀑溅飞花雨，轻浸游客袍。

二〇〇七年秋作

听老人论山

莫谓山山如画般，从前岁月最辛酸。病无汤药呻吟苦，家有凤凰寻配难。夏发山洪人作鬼，冬来风雪寒当餐。自从修路移山下，方使贫家富且安。

二〇〇七年秋作

重阳

无风无雨好晴光，更喜黄华开正香。何事有人不赏景？重阳慰老拜高堂。

二〇〇七年重阳节作

雪

比花比玉赞无瑕，何事骚人不厌夸。各有欲言心底事，巧将风物赋光华。

二〇〇七年冬作

汶川地震感赋两首

一

经世岂能不泪生，谁知今日最伤情。哪堪生命如烟逝，何忍血中乞救声。

二

一自汶川遭厄运，泪观电视乱晨昏。心祈瓦砾能怜命，莫让秋风吹苦魂。

二〇〇八年五月作

闻老马夜鸣感作

记得日曾千里行，而今骨老步难轻。夜闻无奈嘶声里，似有雄心气未平。

二〇〇八年六月作

奥运圣火在境外传递

高擎圣火走天涯，何惧恶魔鼓噪鸦。挺直腰身齐步履，堂堂正正大中华！

二〇〇八年七月作

赞奥运会开幕式

紫气氤氲布满城，启开帷幕五洲惊。似真似幻新科技，如醉如痴古国情。厚重中华彰正气，颠狂丑类匿邪声。全球强手争高下，燕国金秋果正盈。

二〇〇八年八月八日夜作

七七、七八级校友返校感作两首

一

曾记东风破冻开，万千学子踏春来。风霜卅载重相聚，尽是中流砥柱才。

二

会场校友喜盈腮，幻似桃红齐绽开。若问此时心意事，老夫专为赏花来。

二〇〇八年十月作

长兄生日感思

脊令于原岁月迁，视兄如视大山巅。奉亲扶弟凭双手，负重荷轻赖一肩。稻熟麦黄图自足，桃红柳绿任他鲜。怜孙护子心无怨，八秩腰弯犹种田。

二〇〇九年夏作

贺陈师信春先生八秩寿诞

信似南山松柏枝，八旬神貌壮年时。蟠桃酒盏鹤飞绕，弟子齐来拜寿师。

二〇〇九年夏作

于嵩县白云山参加职教论坛

山外夏阳如火流，山中却似入凉秋。松林气爽香盈袖，鸟唱峰头云满沟。

二〇〇九年夏作

读王之勤兄《蓼汀趾痕》两首

一

大著题名费酌斟，巧将红蓼寓劳心。挑灯读罢珠玑句，天道酬勤我佩君。

二

杜甫随年诗律细，文章庾信老精深。今君才力犹清健，何事萌生封笔心？

二〇〇九年秋作

与七九级校友相聚之情景

路旁绿柳舞婆娑，丽日秋高湖漾波。欢笑今成见面礼，思牵早奏凯旋歌。卅年一聚实嫌少，十载三逢不厌多。最是师生留笑影，青丝白发两相和。

二〇〇九年秋作

悼念赵帆声先生

绝唱诗词俊彦才，昨宵鹤去令人哀。遗篇两卷君非在，吟咏何堪忆往来？

二〇〇九年秋作

七夕

皆为牛女叹清寥，万古何人谋架桥。倒是多情喜鹊好，年年铩羽冲云霄。

二〇〇九年秋作

偕四学友游校园内外两首

一

铁塔依稀似旧风，吾曹却已变银翁。当年登塔君曾记？笑指黄河气正雄。

二

校内巡观意趣浓，留连不觉午时钟。端详枯老门前树，话到唇边口又封。

二〇〇九年秋作

读胡世厚先生《红梅韵语》有赠

殷勤青鸟往来忙，传递先生韵语章。击节赓宵仔细赏，时闻鼻息送梅香。

二〇〇九年十月十八日作

老妻七十寿诞感作

身材清瘦气还遒，腰骨增生将欲钩。退后仍多忧乐念，岗前却少利名求。衣装不讲新和旧，茶饭尤精稀配稠。难得人生天赐福，相扶相伴老鸳俦。

二〇〇九年十二月作

七十自寿

茫茫瀛海望难收，昼夜烟波暗自流。恍觉童年犹昨日，却惊七秩入今秋。莫言气壮曾驰马，应畏力衰休逞牛。老景最需能淡定，轻风平水静悠悠。

二〇〇九年十二月

读张大新君诗有赠

李渔论剧有勤酬，又步青莲山月秋。年正芳菲呈锦绣，果丰将缀满枝头。

二〇一〇年四月作

注释

大新研究戏剧文学

清明感作

清明细雨润芳菲，扫墓追思至晚归。坟上新添三寸土，何如厚孝老莱衣。

二〇一〇年四月作

贺郑州师院揭牌

气暖晴和人换装，大河两岸绿苍苍。无边春色来天地，得气斯园花最香。

二〇一〇年四月作

赞乳牛

身依木枥自悠悠，绿草枯禾一胃收。日夜反刍成乳酪，任人取用不言由。

二〇一〇年四月作

登开封龙亭两首

一

雨后龙亭带露鲜，湖光柳色两悠然。晴空万里清如洗，极目遥迢淡淡烟。

二

龙亭大殿耸云头，多少风流演汴州。杯酒兵权臣伏地，赵家终久未千秋。

二〇一〇年初夏作

清明上河园

浓缩繁华仿建成，楼台市井一桥横。游人不问今和古，兴发幽情访宋京。

二〇一〇年初夏作

潘杨二湖并序

龙亭前有一条笔直、宽阔大道，将潘杨二湖分开。东为『潘家湖』，西为『杨家湖』。传说因潘美陷害忠臣杨业而湖水浑浊，杨业因能拼死效国而湖水清澈。

昔闻清浊两湖湾，今见缘何却一般。俱是人心赋爱恨，故将水色辨忠奸。

二〇一〇年初夏作

读《从同适斋到不舍斋》五首并序

关爱和君系任公访秋先生嫡传弟子，他以《从同适斋到不舍斋》为题，为《任访秋文集》作序，洋洋三万言，可谓知深论切。读后感慨系之，遂成诗五首。

一

同适更名不舍斋，先师笃志最高阶。酬勤玉树云山在，万世千秋共仰怀。

注释

任公初将书斋名定为『同适斋』（追慕钱玄同与胡适），后又改为『不舍斋』，直至逝世。

二

曾记任公施教殿，心香怀德播芳芬。大家风范随行影，沥血呕心谁比君。

三

雕龙玉序气雍容，难得曾参论道宗。应慰先生心意惬，植兰香满正葱茏。

四

薪火相传五岳红，登高举帜尽贤雄。缘何述作新今古，曾坐春风不舍中。

五

久怀悔悟禀师翁，早涉双途难两通。倘效先生学不舍，十愚许有一分聪。

二〇一〇年八月作

观逸夫楼感作

鹪鹩万树一枝栖，美味丰筵容饱脐。倒是逸夫识物理，捐资助教作人梯。

注释

『逸夫楼』，即邵逸夫捐资所建之教学楼。邵氏系香港电视广播公司荣誉主席。自一九八五年以来，邵氏向中国大陆捐邵逸夫基金达数十亿港元，不少高校与中小学都建有『逸夫楼』。

二〇一〇年八月作

赠王广亚先生并序

王广亚先生在台湾创办大学，早已蜚声杏坛。大陆改革开放后，他为报效桑梓，先后在河南新郑和巩义市（广亚先生之故乡）各创办了一所本科学校。

翘首杏坛早蜚声，更修黉宇梓桑情。殷勤九秩无劳倦，台海穿行一老生。

二〇一〇年八月作

喜嫦娥卫星飞奔月球

不食灵丹飞月球，广寒宫里会同俦。桂香美酒壮行色，犹欲火星作远游。

二〇一〇年十月一日作

于新县登大别山两首

一

圣地深秋仍暖融，登临纵目最高崇。经霜枫叶如旗动，耐旱苍松似哨戎。深壑深林当护障，土枪土弹破围攻。今来游赏识风物，似见峰峦立大雄。

注释

新县曾是我红军时期之革命根据地。

二

大别山形似巨龙，气横三省卧西东。播云兴雨泽恩厚，阅古观今见识丰。如梦如烟驰绪远，若明若暗惹情浓。名山好景千般似，圣地风光便不同。

注释

『若明若暗惹情浓』一语，心情是复杂的。余祖籍为湖北省麻城县，四代之前迁至河南省信阳市罗山县。

二〇一〇年十月三十日作

于新县革命博物馆前

村村公路贯西东，座座层楼欧式风。博物馆前情默默，夕阳如血映山红。

注释

『杜鹃花』，当地称之为『映山红』。

二〇一〇年十月三十日作

谒许世友墓

参禅打坐气难平，面壁何能救众生。一跃飞身投革命，声威水断古桥横。

二〇一〇年十月三十日作

和陈江风君

文化研深久，奉公劳宛城。焚膏能继晷，寻路敢披荆。举止无骄态，言谈有雅情。声名成著述，犹喜袖风清。

注释

江风君曾远赴南阳师院任副院长多年，且未主动提出过调动之事，故有『奉公劳宛城』一语。

二〇一一年一月十一日

由抢购碘盐所触发之感思并序

日本发生了九级地震，致使福岛核电泄漏。因听说碘盐可防辐射，于是我国不少城市遂刮起了抢购碘盐之风潮。

从众追风不问由，奸商更是趁机谋。碘盐半日城空售，商店长龙劲正遒。降压街谈唯绿豆，补虚人道首黄牛。闻风是雨何时了，坐叹人心气太浮。

二〇一一年三月作

求生并序

在日本地震期间，一只犬在恶浪中搏斗数日。其劫后生还见主人之情景，观之令人心动。

犬从恶浪苦求生，劫后惊魂瘦骨轻。见主扑怀低吠诉，教人谁不动心旌。

二〇一一年三月作

读鲁枢元君《文学跨界研究》有赠

读君大著夜焚膏，明快笔刀胆气豪。文学从来关宇宙，开疆舒卷鲁旌旄。

二〇一一年三月作

骤热骤寒

连日暴晴汗满腮，雪霜谁料转头来。南山茶叶冻如煮，北地菜苗萎似哀。厚被存橱凉再取，空调换档暖重开。变来变去人间苦，向是高天不可猜。

二〇一一年三月作

闲居杂诗三首

一

经史闲书随意浏，书香扑面乐春秋。每当读至陶情处，好似麻姑搔白头。

二

向晚悠悠漫步游，斜阳犹照树梢头。推敲不觉成诗后，明月偷偷上小楼。

三

门外窗前树满枝，叶生叶落总当时。相随还有巢中鸟，去去来来报我知。

二〇一一年三月作

街头

人来车往满街头，喧闹沸腾夜半休。明日清晨犹复始，如斯轮转一秋秋。

二〇一三年三月作

梨园所见

千亩梨园花正娇，人工授粉老同髫。若非今日惊初见，谁晓梨甜累折腰。

二〇一一年春作

盼清风

骄阳连日火熊熊，铁质栏杆似欲熔。应是天宫多气爽，不知人世少清风。

二〇一一年五月作

夜思

夜幕垂垂覆九州，谁知幕里喜和忧。书生灯下愁才短，酒肉楼中乐意遒。还有贫穷期救助，尚无良策抑贪谋。公平社会公平事，百绪千头待理梳。

二〇一一年五月作

纪念李师嘉言先生百年诞辰并序

李嘉言先生于新中国成立前曾留母校清华大学任教，后应聘至河南大学。其主要研究方向是楚辞和唐诗，成就斐然，被视为河大中文系一柱。建国后曾任河大中文系系主任，建树颇多，特别是筹划重新整理《全唐诗》，功不可没。这位学术巨子，却不幸于五十六岁壮盛之年，过早地摧折了。

清华受授有高名，一柱夷门河大情。诗国翘瞻追屈宋，身心擘画理唐声。家贫影瘦能怜子，学富才高不傲卿。霜重无情摧命短，文魂千古死犹生。

二〇一一年五月十四日作

咏开封府尹包拯两首

一

已题金榜不为官，却奉双亲十暑寒。待得精忠报国后，清廉刚正慑权奸。

二

包公作古逾千年，巷议街谈似昨天。府记何愁不可辨，心碑更比石碑坚。

注释

《开封府题名记》石碑上所镌刻之「包拯」二字，因观者日久抚摸，至今已无法辨认。

二〇一一年五月作

窗前静立观雨

才是骄阳伴热风，瞬间烟雨满苍穹。清凉阵阵扑怀里，思骋茫茫天地中。

二〇一一年夏作

惋惜

为怜酷暑损盆鲜，浇水频频却渐蔫。扫尽残花叹未了，不权适度反成愆。

二〇一一年夏作

叹千古词人李煜

伊擅填词不擅王，降臣何又念南唐？可怜命断牵机酒，多少华章没冢荒。

二〇一一年夏作

咏槐

——为忆念邓小平而作

硕槐枝茂叶苍苍，三伏年年遮烈阳。更有繁花开满树，为人昼夜送幽香。

二〇一一年夏作

茉莉花

一盆茉莉叶油光，庭院厅堂伴我长。雅淡休追富贵样，清香愿饰素银妆。花鲜不畏夏三月，根老能经秋后霜。每至兴来摘几朵，烹茶煮酒慢轻尝。

二〇一一年夏作

感台湾高官为儿子大办婚筵两首并序

据台媒体报导：台湾空军『司令』雷玉其为给儿子办婚礼，动用了公器和将士，并提前四个月制定了长达二十页之《计划任务书》。举办婚礼当天，官兵编制分组，各司其责。雷玉其张扬之甚，终于激起了民愤。

一

儿婚四月安排定，为娶千金掷万金。喜宴如同摆战场，门前布阵将兵临。

二

用兵『司令』妙如神，训教空军充礼宾。将士如奴凭唤使，威风不抖岂官绅。

二〇一一年夏作

题《烽火河大》并序

『寻访者追深径之兰，识韵者探穷山之竹。』校友吴建设君积数年寻访和操觚之功，以《烽火河大》一书，再现了河南大学师生当年在嵩县学习、生活之情景。览吴君之著述，感河大之百年，遂成一律，以表志贺。

当年烟景几回更，旧地犹萦河大情。沐雨栉风教不惰，御倭护土学能精。子规啼切山河恨，瀑布涛惊家国声。宵旰书成百岁日，好迎母校上新程。

二〇一二年五月作

感河南大学百年两首

一

河大百年立汴都，师兴代代有鸿儒。育材多植擎天柱，研发偏寻藏地珠。嵩岳山高勤励志，大河水满快行舻。争先不肯落人后，更避雷同创异殊。

二

学苑笙歌庆百辰，车驰人往尽嘉宾。旌旗标语迎风舞，花木楼堂映日新。肇始齐思九巨老，荣兴犹念众同仁。抚今追昔添生气，且喜辉煌胜旧春。

二〇一二年九月二五日作

晨起于巩义山村所见

雨雨晴晴暗暮秋，寒霜一夜满山沟。村墙挂满黄金穗，坡地麦苗织绿绸。

注释

『黄金穗』，即『玉米穗』。

二〇一二年九月作

和同窗孙广举君《喜得孙女》

重阳国庆欲吟诗，菊酒催思正觅词。忽报君家添喜庆，庭前美凤落梧枝。

二〇一二年十月作

生活侧影

——贺河南省吟诵学会成立

随年渐老自从容，独对诗词兴味浓。晨起临窗贪宋韵，夜来倚枕沐唐风。忧愁消尽尘嚣外，喜乐沉迷意境中。同贺今成吟诵会，与君共唱大江东。

二〇一二年十月作

雾霾

天地阴沉似病呆，群情仰盼笑颜开。家中门户常关闭，路上行人掩口腮。车辆疾驰喷秽气，烟囱高矗散污埃。祸殃人类属人起，不治人心岂治灾。

二〇一二年十一月作

寿宋师应离先生八秩

应是阳光离卦人，却曾灾病袭频频。人前休诉辛酸事，心底常怀师友亲。公务披星勤戴月，著书施教费劳神。杖朝还约期颐日，再赋新诗祝寿春。

二〇一三年四月作

酬孙广举君题赠檀扇

一字千金闻墨馨，孙君风骨效兰亭。题书檀扇双名贵，欲挂庭堂配凤翎。

二〇一三年九月作

赠两位刘师

双马驿途雌并雄，闯关越隘压群骢。奔驰八秩非垂枥，自奋前行犹带风。

注释

两位刘师，即刘增杰和刘思谦先生。

二〇一三年九月作

读徐盛桓先生诗文有赠两首并序

徐先生曾以《白首变法 好个江天》之诗文以明志。读后，遂以此诗相赠。

一

求新变法树旌帜，妙笔犹填述志词。倘是儒林皆似子，中华孰信有衰时。

二

不老梅花大庾栽，又移汴水放香来。虬枝劲发春风闹，朵朵蕾开不用催。

注释

徐先生原籍广东，故有『不老梅花大庾栽』一语。

二〇一三年十月作

新气象两首并序

近年来中央不断加大了反腐倡廉力度，遂使社会风气日渐好转。

一

高档饭店日萧条，名贵酒烟渐滞销。尤见金猴挥巨棒，苍蝇老虎不轻饶。

二

国税民膏莫乱销，公私两界无通桥。清明盛世清明吏，美梦成真犹不骄。

二〇一三年十月作

大海

沧瀛浩瀚气云吞，远望天边一线痕。人立岸头心自静，无狂无欲看潮奔。

二〇一三年十月作

读校史感学报创刊将及八秩

寻玉搜金将八旬，琳琅满目尽奇珍。今怀肇始桩桩事，更喜前途富矿春。

注释

《河南大学学报》，创刊于一九三四年四月，明年即八十年。

二〇一三年十月作

仙人掌

仙人巨掌土中伸，除秽犹能不染身。数日只需涓滴水，常年自种一盆春。

二〇一三年十月作

后记

诗集结成之后，我还觉得有话要说，故不避啰嗦，再唠叨几句。

先说学诗。《论语·阳货》记孔子对其弟子说：『小子何莫学夫诗？诗，可以兴，可以观，可以群，可以怨；迩之事父，远之事君；多识鸟兽草木之名。』《毛诗序》也云：『正得失，动天地，感鬼神，莫近于诗。』我之学诗是从少小读私塾开始的。发蒙时，每至傍晚，塾师便让将《三字经》或《论语》暂放下来，教读《千家诗》。塾师教我们用吟诵的方式来读诗。这种吟诵，既不同于朗诵，又不同于歌唱，而是按照平上去入声调的要求来吟诵诗歌。此种读法抑扬顿挫，节奏感强，也很有韵味。吟诵，不仅是读诗方式，也是一种创作方法。作者按一定声韵吟哼出来的诗，多是符合平仄要求的，如觉得个别字吟哼不畅，很可能是不合平仄，一经调适，便自上口。我自念私塾读《千家诗》后，便喜欢上了古典诗词，随着读的诗多了，愈加觉得倘徉在诗词中的愉悦，于是自己偶有感发也写起诗来。

我之学写诗是从上大学开始的，那时只暗地里学写，一是觉得没有诗味，二是苦于不得其法，故随写随扔。后来，我有一次回家乡，与一位老塾师谈起写旧体诗的问题。他说：『写旧体诗要从写七绝开始，七绝写好了，便知道写诗的门径。四句诗要讲起承转合，第三句转折尤为要紧。』最近我又看到韩石山一篇谈诗的文章，其说法与这位老先生所说的几乎完全相同。韩文说：在『旧体诗里，最见功夫的，是七言绝句。几乎可以说，会写七绝的，才可以说会写旧诗……毕竟只有四句，没有高妙的意境、警醒的句子，靠凑句是很难成功的。这也是历来诗家，多在七绝上下功夫的道理，也是七绝多名篇多名句的道理。』他还说第三句一定要有个『使转』（《诗有禅意是高标》，《中华诗词》二〇一四年第四期）。我自一九六五年八月大学毕业后至二〇〇一年九月退休前所保留下来的近二百首诗，基本上都是七绝。虽初入门径，但总觉得营造『高妙』的意境，是件很难的事。二〇〇一年九月退休后，写诗的时间就更多了，因此又继续练写七绝，间或写了一些律诗和几首词，至二〇一三年四月又积累了二百多首，共有四百多首诗词。即在此时，我突发奇想，欲将诗稿整理出来。于是，我便将诗稿从头至尾阅读了一遍。在阅读中，我觉得这些未经细细推敲的诗，却自然地贯串了一条主线，即多是围绕着我人生经历的所感所发。敝帚自珍，于是我即重新审定平仄，归好部韵，反复进行修改，并从四百多首诗中遴选出了二百八十六首。二〇一三年四月之后，我又作了十四首（包括自序诗五首），共三百首，结集为《愧书庐吟草》。

王国维在《人间词话》中说：『诗人对宇宙人生，须入乎其内，又须出乎其外……入乎其内，故有生气；出乎其外，故有高致。』我写『宇宙人生』，自知是终难达到这一要求的，但我对待人生的态度，却是既要走进去，又企图走出来的，所以，我咀嚼感悟人生之诗，尽管五味杂陈，但我还是能以寻常之心来面对的。诗是一种美文，那是就意境而言的，如若就思想感情而言，不可画个光环，装饰亮色，这样就会带来『美言不信』的效果。我的多数诗，尽管在艺术上谈不上美，但在思想情感上却是真实的，这就是我在自序诗中所说的『意象生成肺腑音』。

另外，在我拟结集的过程中，对拙诗现在是否可以出版曾有过犹豫。清袁枚在《遣兴》诗中曾吟道：『爱好由来落笔难，一诗千改始心安。阿婆犹是初笄女，头未梳成不许看。』但在河大出版社社长兼总编张云鹏和原社长马小泉两君的多次鼓动与关心下，我遂渐渐有了粗头示人的想法。在这种情况下，我便抱着大部分诗稿呈送给刘增杰老师，并对先生说：『请您审夺能否出版？如可出版，敢劳先生拨冗作个序。』刘师接稿后，即费心审读，并写出了一篇奖掖后进、感情至深的序言。接着，我即请好友孙广举、鲁枢元和解志熙君，帮我遴选或润色。二〇一四年春，诗集甫将结成，我又请关爱和君审阅。因为他与我曾在校级班子中同过事，后又有工作衔接。他若能抽空为拙作提提意见，对我在定稿前，进一步修改诗词会大有裨益。他接稿后，不顾公务繁忙，拾其早晚碎暇，阅读诗稿并就我诗的背后本事，撰写出了一篇题为《抑扬顿挫自吟之——王文金教授〈愧书庐吟草〉读后》的长文。我在征得关君同意后，将其祈以为序，置于刘师序后。其他几位好友，在审读我的诗词时，或书面或口头，都提出了令我深受启发与感动的修改意见。送出版社后，我建议请与我有师生之缘的袁喜生、王刘纯君分别任本书责任编辑和为本集题签，两君均甚为尽心，在此一并谨表感谢。另外，还要感谢的有程秀波、顾兴良和吴建伟等同志。因我运用电脑不熟，曾请他们帮我打字，耽搁了他们不少宝贵时间。即将付梓，颇怀忐忑，遂想起了唐朱庆馀《近试上张水部》一诗：『洞房昨夜停红烛，待晓堂前拜舅姑。妆罢低声问夫婿，画眉深浅入时无。』就此收结，祈请方家不吝赐教。

初稿于二〇一四年四月
定稿于二〇一四年七月